此地無銀三百兩

漢字故事

商務印書館

此地無銀三百兩——漢字故事

作　　者：商務印書館編輯部
責任編輯：洪子平
出　　版：商務印書館（香港）有限公司
香港筲箕灣耀興道3號東匯廣場8樓
http://www.commercialpress.com.hk
發　　行：香港聯合書刊物流有限公司
香港新界大埔汀麗路36號中華商務印刷大廈3字樓
印　　刷：美雅印刷製本有限公司
九龍觀塘榮業街6號海濱工業大廈4樓A
版　　次：2016年7月第1版第1次印刷

ISBN 978 962 07 0422 2
Printed in Hong Kong

目錄

這樣看漢字

北比臼舅

有一個人要結婚了。在婚宴上，朋友送來了一份很特別的禮物。這是一件書法作品，上面寫着「北比臼舅」四個大字。

客人們都上前圍着觀看。可是，他們除了覺得這幾個字寫得很漂亮外，沒有人明白把四個字連起來究竟代表甚麼意思。

這個新郎沒辦法了，只好謙虛地向送禮的朋友請教。

朋友說：「『北比臼舅』四個字，代

表了你和她從不認識到談戀愛，最後走在一起的過程呀。」

聽朋友這麼一說，新郎更加糊塗了。

過了一會，朋友見新郎始終猜不出來，便不再賣關子，笑着説：「你應該把『北』想像成你和她互不認識時，兩個人背靠背的樣子；『比』是指某一天你開始追求她，天天跟在她的後面；『白』是她接受了你，兩個人面對面説話的樣子；『舅』是祝你們結婚後，兩人合作成功，生下一個可愛的男孩啊！」

聽了朋友的話，新郎覺得這四個字真的太有意思了，連忙笑着説多謝多謝呢！

賣關子：比喻説話、做事到了緊要的時候，故意不說、停下來，使對方着急。

只要有想像力，漢字給你帶來無窮樂趣。

天心取米

在二千多年前的漢朝時候，北方外族匈奴要跟中國打仗。在開戰之前，匈奴王為了打擊敵人的士氣，給漢朝的皇帝送去了一封信。

皇帝收到信後，打開一看，裏面只寫着「天心取米」四個大字。

這四個字究竟是甚麼意思呢？皇帝看不明白，只好把信件公開，希望有官員能夠解開這一道謎題。

幾天後，一個年輕官員來到皇帝面前，說：「『天』是指中國，『心』是指我們的土地，米是指的皇帝。『天心取米』，就是要取走我們國家的土地和皇帝的一切。」

皇帝聽後大怒，問他有甚麼應付的

辦法。

這個年輕官員笑着説：「很簡單啊，只要把『天心取米』四個字稍稍改動一下，再把這封信還給對方就可以了。」他隨即用筆把這四個字改過來。

皇帝看了改動過的四個字後，高興極了，覺得這個辦法可行，就派人把信件送回去。

半個月後，匈奴王收到漢朝皇帝送回來的信件。他打開一看，「天心取米」竟然變成了「未必敢來」。這四個字説得很有信心，讓人相信中國皇帝已經做好了打仗的準備。

匈奴王跟眾多官員商量過後，最終決定不打這場沒有把握的仗了。

字詞加油站 1

北比臼舅

「北比白舅」故事，是借用四個漢字的字形來想像，重新創作。這種想像，跟漢字的其中一種造字方法「象形」很接近。所謂「象形」，就是把看到的事物，用簡單的線條把它的形狀畫出來。

故事中「北」和「比」的解釋，跟兩個字的字義很接近。「北」是兩個人相背而立的樣子，有違背的意思，後來用作方位詞，指北方。「比」是兩個一前一後緊靠一起的人形，本義是靠近、挨近的意思，後來用來指比較、較量。

故事中「白」和「舅」的解說很有趣，可惜是憑空猜測。「白」是象形字，不過描畫的是古代舂米器具的外形，所以「臼」的義思是指舂米器具。至於「舅」是形聲字，「臼」這部分是發聲符號，「舅」是指母親的兄或弟。

學習漢字，我們不妨多進行這種字形的象形聯想，雖然難免有錯，但對了解漢字的字義來源和記憶漢字，還是很有幫助的。

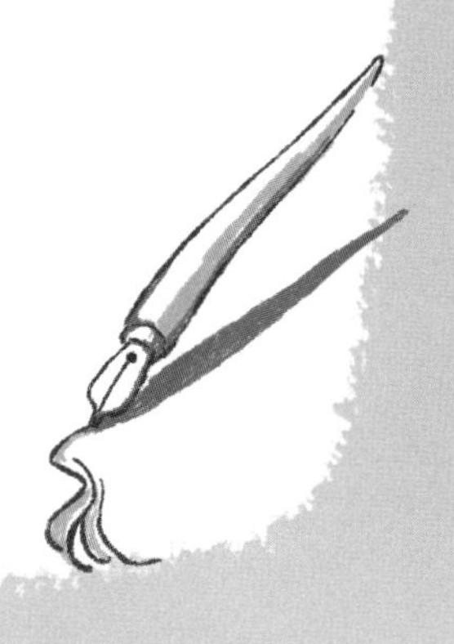

半魯

有甲乙兩個人，都喜歡玩文字遊戲。

有一天，甲收到乙送來的一封信，信裏面這樣寫着：「明天我準備了半個『魯』，歡迎你來我家坐一坐。」

第二天，乙來到甲的家，吃了一頓飯。這頓飯只有魚一道菜。

吃完飯後，乙才明白「半魯」是指上半部分的「魚」字。

過了兩天，乙也送了一封信給甲，信裏面同樣寫着「明天我準備了半個『魯』，歡迎你來我家坐一坐」這句話。

第二天，甲來到乙的家。沒想到乙帶他來到院子裏，在太陽底下坐着。

兩人坐了很久。甲穿的衣服比較厚，滿頭大汗。甲對乙說：「你不是請我吃飯嗎？就算是『半魯』，能有一條魚也不錯啊。」

乙笑着說：「『魯』的上半部分你已經請我吃了，所以我今天只能請你吃下半部分的『日』啊。」

甲想一想，知道乙跟他開玩笑。兩人大笑之後，就進去吃魚了。

樹在口中

有一個小孩經常到附近一個老人的家裏玩。因為老人的院子很大，後邊還種了一棵高大的樹木，可以給孩子們乘涼、嬉戲。

有一天，他來到老人的家，看到老人正在讓人把院子裏的那棵大樹弄走。

小孩覺得很奇怪，就問老人：「你為甚麼要弄走這棵樹呢？它病了嗎？」

老人說：「它沒有病。只是我最近身體不舒服，卻找不到原因。後來，我發現這院子四四方方的，中間長着這麼一棵樹，看上去好像一個『困』字。你想想，我整天被困住了，生活怎會過得好？身體怎會舒服呢？所以，我決定不要這棵樹了。」

聽了老人的話，小孩很認真地想了一想，然後對老人說：「按照你的說法，如果你把這棵樹弄走，這院子就剩下你一個人了，哪不就變成了一個『囚』字？你被關起來，做了囚犯，以後怎樣生活呢？身體肯定會愈來愈差呀！」

老人聽了小孩的話，覺得他說得有道理，就把那棵大樹留了下來。

字詞加油站2

困、囚

「困」、「囚」都是使用「會意」方法造出來的漢字。

「會意」就是把兩個或兩個以上的漢字組合在一起以表示一個新的意思。

「困」是由「口」和「木」兩部分組成，木在口中，是指柴木被綁着的意思，引申為一個人身處危難之中（困境）。

「囚」是由「口」和「人」兩部分組成，人在口中，就像一個人被關在牢裏，是指一個人被人拘禁起來失去自由的意思，後來引申為被囚禁的人（囚犯）。

有些詞語莫亂用

任王變任主

從前，有一個名叫任王的人，在全國考試取得好成績，可以做官了。任王要做官，按規矩必須要見皇帝。可是，皇帝聽到他的名字後，很不高興。

皇帝心裏想：「我才是這個國家的王，他怎可以叫做『人王』呢？」於是，他對任王說：「你的名字不好，就在『王』字加上一點吧。」任王回去後，連忙把名字改了。

過了不久，皇帝收到一份由任主交來的報告。他知道這個「任主」就是改了名的任王。他心裏想：「我才是這個國家的主人，他怎可以叫做『人主』呢！」

這次，皇帝同樣很不高興，就命人把任主捉回來。

皇帝指着他說：「我要你改名『任玉』，你就改做『任主』。你膽子真大呀！這是不把我放在眼內了？」

這時候，任主很小心地說：「皇上，這一點是你給我的，我只能頂在頭上，表示尊敬。如果我把這一點放在腰間，這是對皇帝不敬啊！」

皇帝聽到任主這麼說，想想也有道理，只好把他放走了。

及地

從前，有一個書生帶着僕人到城市參加考試。

當他們在山邊走着的時候，由於走得太急，僕人一不小心，就把行李掉在地上。

僕人不好意思，笑着對主人說：「對不起，不小心都落地了。」

聽到僕人的話，這個書生很不高興。原來，在古時候，考試合格叫做「及第」，不合格就叫做「落第」。「落地」和「落第」聽起來讀音太相似了，他害怕考試不合格。

他想了一想，就對僕人說：「以後，只要有東西掉在地上，不可再說『落地』，說『及地』好了！」

僕人連忙說：「記住了，記住了。」

兩個人繼續向前走，來到一段山路上。書生要僕人小心點，不要再把行李掉在地上。

這時候，僕人很有信心地說：「主人，請放心，這次無論怎樣也不會及地的了！」

這一句話，即時把這個主人氣得笑也不是，哭也不是。

字詞加油站3

避諱

古時候，社會被分為不同等級，在說話寫文章時，遇到君主、長輩的名字，都不可以直接說出或者寫出，要用發音或寫法相近的字來代替，以表示尊敬。

這種做法，稱為「避諱」。

第一個故事中的任王和任主，讀音都跟代表至高無上的「人王」和「人主」這兩個詞相近，侵犯了皇帝的權威，因此引起皇帝的不滿。犯這些禁忌的人，往往會受到極嚴厲的處分。

另外，在中國人的日常生活中，遇到一些不吉利的事情，人們也會不自覺地採用避諱的做法。第二個故事中的主人翁，便是覺得「落地」不吉利，硬要改做「及地」，結果成為了別人的笑柄。

避諱不是中國特有的現象，在韓國、日本等亞洲國家，都有類似的傳統。

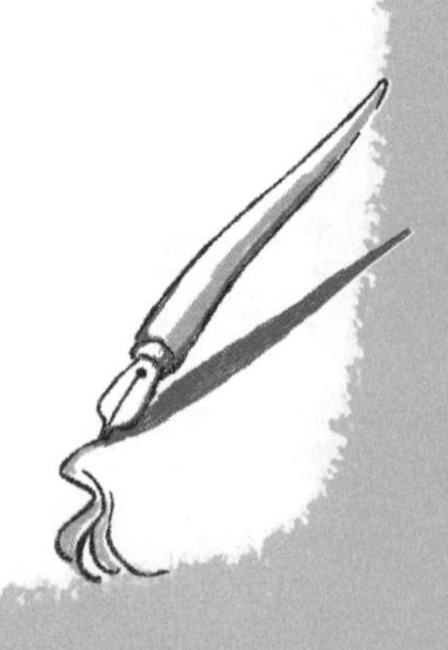

「貴庚」與「年高」

有一個丈夫很怕老婆。有一次，老婆不在家的時候，丈夫把一盒年糕吃光了。老婆回到家後，發現那盒用來過年的年糕不見了，非常生氣。她把丈夫狠狠地罵一頓，還罰他跪到半夜三更才可以睡覺。

第二天，丈夫對自己怕老婆的事感到十分苦惱。他來在街上，找了個算命先生給自己算命。

算命先生問：「請問貴庚？」

丈夫回答：「跪到三更。」

算命先生搖搖頭，說：「我不是問你下跪的事。你年高幾何？」

丈夫連忙說：「我只吃了一盒。」

原來，「貴庚」問的是對方的年齡，

「年高幾何」問的是年紀的大小。丈夫根本聽不懂算命先生這些説話，兩個人雞同鴨講，終於鬧出了笑話。

用好「敬詞」，不但說話得體，也能表現出個人的修養。

難得，難得！

古時候，有一個吝嗇的主人，在宴會之前私下吩咐僕人：「我們以敲桌子為暗號，敲一下桌子，你就斟一回酒。」他打算用這個方法，控制斟酒的次數，多省一點酒錢。

可是，這個秘密被一個客人知道了，他決定要捉弄主人一番。

宴會期間，客人問主人：「令堂高壽？」主人回答說：「七十有三。」

客人激動地敲了桌子一下，大聲說：「難得！」然後舉杯把酒一飲而盡。僕人聽到敲桌子聲，馬上再次斟酒。

客人又問：「令尊高壽？」主人回答：「八十有四。」

客人又敲了一下桌子，感歎地說：

「更難得！」然後再次舉杯，把酒一飲而盡。僕人又上前斟酒。

這時候，主人可心痛了，只好厚着臉皮說：「你該敲夠了吧！」

字詞加油站4

中國是禮儀之邦，在日常生活中，中國人很注重使用禮貌用語。

傳統的禮貌用語有敬詞和謙詞兩種。一般而言，對別人使用敬詞，對自己使用謙詞。如果使用不當，很容易鬧出笑話。

敬詞，是帶有尊敬口吻的用語，在日常交際，特別是書信中常用。使用敬詞的對象通常是長輩、上級，受到崇拜或敬重的人。敬詞也是對別人的禮貌用語，使用敬詞，往往能體現自身的修養。

「高」字頭及「貴」字頭的敬詞，後面通常跟着名詞，稱與對方有關的事物。

例子：

高足：指對方的學生；

高就：指對方的職位；

高見：指對方的見解；

高壽：用於問對方的年齡（對方通常是老年人）。

貴幹：問對方要做甚麼；

貴庚：問對方的年齡；

貴姓：問對方姓甚麼；

貴子：稱對方的兒子（含有祝福的意思，如「早生貴子」）。

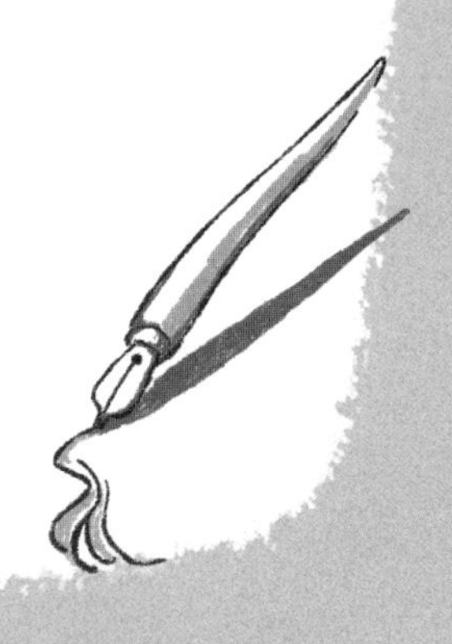

把字拆開看看

王老頭與朱先生

從前，在一條村子裏，有兩個很會作對聯的人，一個是姓王的老頭，一個是姓朱的秀才。村民都很喜歡這兩人作的對聯，卻分不出誰的才能更優勝一些。而朱秀才自以為讀過很多書，一直都看不起這個王老頭。

有一次，朱秀才登門拜訪王老頭，一開口就説出一句得罪人的話：「王老頭一身土氣。」

原來，這句話是一句上聯，由拆開來的「王」字，即「一、土」兩個字組成。

用「土氣」來形容王老頭，就是嘲笑他沒見過世面，對聯作得很平常。

王老頭聽了之後，不但沒有生氣，反而馬上笑着對出了下聯：「朱先生半截牛形。」

稱朱秀才為「先生」，表面上是尊敬他，朱、先、生三個字都含有半個「牛」字，所以說「半截牛形」。牛是畜牲，這句下聯暗地裏罵他是畜牲呀。

朱秀才聽了之後，當然很生氣了，卻又不得不佩服王老頭的急才，因為下聯不但對得工整，罵人方面也一點都不吃虧。自此以後，朱秀才再也不敢為難王老頭了。

秀才：對書生、讀書人的一種稱呼。

把魚拿下

蘇東坡是一個美食家，最愛吃魚。

他在杭州任職的時候，有一天，廚子專門為他做了一碟魚。正要吃的時候，他的朋友黃庭堅來了。蘇東坡為了不讓黃庭堅看到，就把這碟魚藏到了書櫃頂上，叫廚子另外做幾個小菜去接待他。

在書房裏，蘇東坡與黃庭堅一邊飲酒，一邊聊天。沒想到，黃庭堅發現了書櫃上的「秘密」。

黃庭堅問：「你姓蘇的『蘇』字，草字頭在上，下面是『魚』和『禾』，究竟『魚』在左『禾』在右呢，還是『魚』在右『禾』在左呢？」

蘇東坡回答：「左右都行。」

黃庭堅接着問：「要是把魚放在上面呢？」

「那可不行，絕對不行！」

黃庭堅聽到這話，馬上笑了，拱手請求道：「既然不行，請你把上面的魚拿下來，跟我一起分享吧！」

巧拆「夫」字

清朝的乾隆皇帝很有才華，常常與身邊的文人談古論今。

有一次，乾隆與宰相張玉書到江南巡視，看見一位農夫在田間勞動，乾隆問張玉書：「這是甚麼人？」宰相回答說：「一個農夫。」乾隆接着問：「農夫的『夫』字怎樣寫？」

宰相聽到皇帝提問便發愁了，他猜測不出這問題背後有甚麼用意。

過了一會，張玉書沒辦法了，只好硬着頭皮說：「兩橫一撇一捺，轎夫之『夫』，孔夫子之『夫』，夫妻之『夫』和匹夫之『夫』都是這樣寫的。」他心想：這個回答比較全面，皇上肯定滿意，挑不出毛病。

怎料，乾隆搖了搖頭，說：「你對『夫』字理解不夠深啊！農夫是刨土的人，所以『夫』是上寫『土』字，下加『人』字。轎夫肩上扛竿，所以寫了『人』字之後，再要加上兩根竿子。至於孔夫子，他上懂天文，下知地理，所以這個『夫』字要先寫『天』字，然後出頭。至於夫妻，兩人成雙成對，所以要先寫『二』字，後面再加『人』字。匹夫是指大丈夫，這個『夫』字當然是先寫『一』字，再寫『大』字了。」

張玉書聽了，佩服得五體投地，無話可說了。

宰相：又稱丞相，中國古代職位最高的行政官員。

這些字詞有段古

馬虎

有一個畫家，正在畫虎。他剛畫好了虎的頭，就來了一個朋友，請他畫馬。畫家想都不想，便在虎的頭下面，畫上馬的身體。

朋友收到這張畫後，看到畫裏面畫了一隻奇怪的動物。牠的頭是虎，身體是馬。他看不明白，便問畫家：「這隻動物是馬還是虎呢？」

畫家說：「我怎知道牠是甚麼呢？就叫牠做馬馬虎虎吧！」

朋友很生氣，覺得他畫得不認真，

回答也不認真，放下這張畫就走了。

可是，畫家自己卻很喜歡這幅畫，還把它掛在家中。他的兩個兒子看到畫裏面的動物，一個說是馬，一個說是虎，兩人一直爭論不休。最後，他們問畫家：「父親，這隻動物究竟是馬還是虎呢？」

畫家仍然這樣回答：「牠叫馬馬虎虎！」

不久，人們聽說了這件事情，都覺得這個畫家做事太不認真了。後來，當人們看到像畫家這樣做事不認真的人，就說他是一個馬虎的人。

借光

從前，有一個村子，住了很多人。由於生活很苦，為了多賺點錢，一到晚上，很多婦女就會聚集在河邊工作。由於晚上光線不足夠，她們每個人都拿着燈，坐在一起，使整個地方都光亮起來，方便工作。

河邊住了一個很窮的女人。她沒有燈，卻跟她們坐在一起，借用燈光工作。這些女人都不喜歡她，準備把她趕走。

這個女人知道後，就對她們說：「對不起，我真的沒有錢買燈。為了借光，我願意幫你們洗衣服和清潔房子。你們把外面的光借一點給我用，對你們來說也沒有甚麼損失啊。」

大家聽到她這麼說，都覺得她的話

很有道理，終於接受了她，不再趕走她了。

從此以後，「借光」這個詞語就被人記住了。每次，當人們請求別人給自己方便的時候，都會説：「借光！借光！」。

應聲蟲

很久以前，有個人得了一個奇怪的病。他每說一句話，肚子裏就有一個同樣的聲音發出來。他非常害怕，甚至不願意出門見人了。

後來，他找到了一個大夫。大夫告訴他，這是因為他的肚子裏有一條名叫「應聲蟲」的蟲子在作怪。大夫要求他把藥書上的藥名一個一個讀出來，只要遇上有蟲子沒有發出聲音的藥名，那就是能治好他的藥。

於是，那人抱着藥書一個一個地讀。有一天，他讀到一個藥名時，小蟲真的沒有發出聲音。後來，他買回這藥，並且連續吃了好幾天，終於把病治好了。

這個故事也許不太真實，不過人們

記住了「應聲蟲」這個詞。

直到今天，人們仍然喜歡把那些沒有自己的想法，只知道同意別人意見的人叫做「應聲蟲」。

馬大哈

有一個叫馬大哈的人，做事非常不認真。別人一說他，他就哈哈大笑地離開，從不改過。

有一次，他給一個商場的工作人員寫了一個字條，要他到一個叫東北角的地方買五十件猴牌家庭清潔用品。可是，他在字條上寫的卻是「到東北買猴五十隻」幾個字。

工作人員看過字條後，雖然覺得有問題，但不敢提問，還是按照字條的要求，到中國的東北部四處找猴子。

幾個星期後，五十隻猴子終於被買了回來了，送到商場。由於商場人員不懂得照顧猴子，結果一羣猴子把商場弄得一團糟。

這件事情發生後，人們才知道馬大哈寫的字條內容有問題。不過，馬大哈只是哈哈大笑，不肯承擔責任。

因為猴子事件，「馬大哈」這個名字很快就傳遍中國。直到現在，人們都喜歡把那些做事不認真，經常出現錯誤的人叫做「馬大哈」。

好好先生

三國時代，有一個名叫司馬徽的人，為了避免禍從口出，一直不肯談論別人的是是非非。每當人們提到別人的事，不管好話還是壞話，他只會裝糊塗，回答說：「好！好！」

他也不告訴別人自己的事，曾經有人問他：「你的身體怎樣？」他想都不想就說：「好！好！」

有一次，一個朋友告訴他自己的兒子死了，司馬徽竟然回答說：「很好！」他的妻子聽到這句話後很不高興，等到朋友離開後，就責備他說：「你的朋友認為你是一個有德行的人，才會把兒子的死訊告訴你。哪有聽到別人說兒子死了，反而說很好的呢？」

做一個「好好先生」不容易，經常吃力不討好，也不是誰都能當的呀！

聽了妻子的話，司馬徽也沒有不高興，依然這樣回答：「好啊！你剛才的話，真的說得太好了！」

自此以後，司馬徽就被人稱為「好好先生」。這稱號，表面上是稱讚他一團和氣，與人無爭，其實諷刺他為了不招惹是非，平安無事，不問是非曲直，做人沒有原則。

油炸鬼

我們經常吃的「油炸鬼」，又稱「油條」或「炸麵」。「油炸鬼」這個稱呼從何而來？為甚麼「油炸鬼」都是兩根麵條黏在一起呢？

原來，在南宋初期，出了一個名叫秦檜的大奸臣。他編造了一個不存在的罪名（莫須有），害死了抗金名將岳飛。當時的老百姓都很痛恨他，可是秦檜是大官，又深得皇帝的信任，因此感到無能為力。

有一個賣燒餅的人，他的膽子很大，想到了一個對付秦檜的辦法。有一天，他拿起一塊麵團，捏成了一男一女兩個小人，將他們背靠背黏在一起，丟進油鍋裏炸。他一邊炸，還一邊大聲喊叫：「大家快來看，快來吃，『油炸燴』啦！」

原來，「油炸燴」的「燴」與秦檜的「檜」同音。這兩個小人，一個代表秦檜，一個代表秦夫人王氏（據説「莫須有」的罪名是她提出來的）。他把兩人油炸，借此表達他對秦氏夫婦害死岳飛的憤恨。

人們知道這件事後，紛紛前來買「油炸燴」吃。大家都覺得油炸燴不僅香脆可口，吃起來還很痛快，很解恨！就這樣，「油炸燴」出名了，不久之後便在全國各地流行起來。後來，因為「鬼」與「燴」發音相近，「油炸燴」被説成「油炸鬼」，也慢慢變成了今天兩根麵條黏在一起的模樣。

拍馬屁

中國西北地區的蒙古族是一個遊牧民族，對馬有特別的感情，馬匹也是他們的交通工具，因此家家户户都以能養出一匹好馬為傲。

據説，每當蒙古人在草原上騎馬與友人相遇，停下來互相問候時，經常會以馬作為聊天的話題。看到對方的馬，他們會拍拍馬屁股，摸摸馬身，看看有多少肥肉，然後稱讚一句：「好馬！」蒙古人用這種方式來向對方表示友好。

元朝建立之後，蒙古人統治了中國。由於元朝官員大多是武將出身，因此馬的地位很高，逐漸代表了主人的權力和地位。擁有一匹好馬，絕對是一件無比光榮的事情。

有些人為了討好蒙古官員，不管對方的馬匹是好是壞，都會拍着馬屁股，笑着說：「大人真有眼光！好馬！好馬！」

就這樣，「拍馬屁」一詞流傳下來，用來形容一個人巴結、討好別人的行為。

沒良心

魯班是古時一位手藝高超的木匠，向他拜師學藝的人很多。

有一次，魯班製作了一個木頭人。這個木頭人不單能夠活動，還會幫人做事，看過的人都十分驚奇。

一個徒弟見過這個木頭人後，非常羨慕，希望自己也可以做一個出來。可是，他知道自己才能不足，師傅肯定不會把製作木頭人的方法教給他。於是，他偷偷地量了木頭人的尺寸比例，畫下草圖，回家後按着圖紙上的模樣，也做出了一個木頭人。不過，雖然木頭人做出來了，可是一動也不能動。

魯班知道這件事後，把這個徒弟叫過來，跟他說：「你量了木頭人的外形尺寸，可是你有沒有量心呢？」

「量心？」徒弟一下子反應不過來，「……沒有啊！」

魯班哈哈大笑，說：「你沒量心，木頭人怎會動呢？」

魯班師傅說的「沒量心」，意思是指徒弟沒弄明白木頭人內部結構的秘密。

由於「量」、「良」兩字的發音相近，後來「沒量心」變成了「沒良心」，用來形容一個人不知感恩，缺乏善心。

有些數字不簡單

天字第一號

一千多年前，有一個叫周興嗣的人，很喜歡「書聖」王羲之的書法。他花了很長時間，搜集了王羲之寫的一千個不同的字，然後每四字一組，組成了一篇長文，稱為《千字文》。由於《千字文》包括了天文、地理、社會、歷史等各方面的知識，加上每四字一組，容易背誦，因此成為了古時候兒童必讀的識字課本。

《千字文》的第一句是「天地玄黃」，所以人們便說「天」字是第一號。後來，「天字號」成為了第一的代名詞。古代舉行國家考試時，所有考生都會被編入不同的房間內應試。第一排的房間叫做「天字號」，第一排的第一個座位，就被稱為「天字第一號」。

後來，人們就用「天字第一號」來比喻最大的、最高的或最強的意思。

二百五

從前，有一個很重要的官員被人殺死了。

官員們找不到殺他的人，皇帝很不高興。為了把兇手找出來，皇帝公開説：「這個官員做了很多壞事，殺死他的人可以得到一千兩銀子。」

不久，有四個人爭着自首，説自己殺死這個官員。

官員們不知道哪個是真正的兇手，就把他們四人帶到皇帝面前。

皇帝看到這四個人後，便説：「這一千兩銀子，你們四個人怎樣分配呢？」

這四個人以為真的能分到錢，就高興地説：「這好辦，每人二百五就可以了。」

皇帝看到他們這麼高興地回答問題，就猜到他們不會是真正的兇手。不過，他還是對官員們說：「把這四個二百五拉出去殺了吧。」

就這樣，中國有了「二百五」這個詞。人們經常用它來指那些做事不明不白的傻人。

此地無銀三百兩

從前，有一個叫張三的人，努力工作，存下了三百兩銀。

他以前一直把銀子放在家裏。現在銀子多了，他就很不放心，不知道該放在哪裏才安全。

他想了很久，終於想出一個他認為最可行的方法。一天晚上，他走到屋子後邊的一塊草地上。那裏有一棵大樹，他在樹下挖了個洞，然後把銀子全部埋在裏面。

可是，張三回家後想一想，這樣做還是不夠安全啊！於是他找來一塊木板，在上邊寫了「此地無銀三百兩」幾個字，然後把它放在大樹下面。他要告訴人們：這個地方沒有三百兩銀子，不用找啊。

做完這些事情後，他終於心安理得地回家睡覺了。

第二天早上，張三還是不放心，要去看看銀兩在不在。結果，他發現那塊木板還在那裏，只是樹下多了一個大洞，銀子卻不見了。他再看看那塊木板，原來有人把木板反過來，在上面寫着「隔壁王二未曾偷」。顯然，那三百兩銀子被住在隔壁的王二偷去了！

張三失去三百兩銀以及王二偷銀的事，很快就被人當做笑話傳開去了。在這之後，每當一件不想公開的事情，因為一些不合理的做法，最後被人知道了，人們就會想起「此地無銀三百兩」這句話。

做了錯事（壞事）的人，越不想讓別人知道，越會做一些事來加以掩飾，結果往往多此一舉，不打自招。

不管三七二十一

在二千多年前的戰國時代，中國分裂成七個國家，其中以秦國最強大。蘇秦主張聯合六國的力量，對抗秦國。

有一次，蘇秦來到齊國，游說齊宣王跟其餘五國結盟，對付秦國。當兩人談到齊國的兵力時，齊宣王認為齊國的兵力不足，可是，蘇秦回答說：「齊國的首都共有七萬個家庭，我私自計算一下，只要每個家庭有三個男子服兵役，這就有三七二十一萬士兵，這個兵力足夠對抗秦國了。」

齊宣王聽了之後，竟然相信了蘇秦的話，不久之後就答應了結盟的事。

其實，齊宣王只要細心思考一下，就知道蘇秦的算法是信口開河，一點都不切實際。不說全城不可能每個家庭都有三個男子，就算每個家庭有三個男子，也不可能全部都能夠當兵，因為這些人當中還包括了老人、小孩和身體傷殘的人。所以，齊國的首都，根本湊不出三七二十一萬兵力。

後來，因為蘇秦這句話，人們就把「不管三七二十一」作為一個貶義詞來使用，用來形容人們不管場合、時間、人物和前因後果，固執地按照自己的想法做事。

信口開河：比喻隨口亂說，沒根據，不可靠。

行百里者半九十

戰國時代的後期，秦國越來越強大。秦王嬴政運用各種方法，順利地將其餘六國逐一消滅。眼看天下快要統一了，秦王漸漸放鬆下來，平日只知享樂，不怎麼打理國家大事。

有一天，官員向秦王報告說：「有一位老人從百里之外趕來，一定要見您。」

秦王聽說是一位老人，便讓官員把他請進宮裏。見到老人之後，秦王便說：「你年紀這麼大，從這麼遠的地方趕過來，一定很辛苦了！」

老人回答說：「是啊，我前十天走了九十里，後十天走了十里，好不容易才來到這裏。」

事情越接近成功就越加困難，如果不能一鼓作氣幹下去，最終只會一敗塗地。

秦王很奇怪，就問：「為甚麼你前面走得這麼快，後面走得這麼慢呢？」

老人繼續説：「前十天我想着趕路，所以走得快；後十天知道快到目的地了，就放鬆下來，所以走得慢！現在算起來，一百里的路程，走到九十里也只能算是才開始呢！」

秦王聽了這話，知道老人要告訴他統一天下的事還未完成，現在絕不是放鬆的時候，於是連忙道謝。自此之後，秦王再次集中精力打理政事，終於在幾年之後統一中國。嬴政成為了中國第一個皇帝——秦始皇。

後來，人們就用「行百里者半九十」來比喻做事越接近成功越困難，越要認真對待，必須一鼓作氣，不可半途而廢。

學幾句歇後語

潑出去的水 —— 收不回來

很久以前，有一個人，他很有才能，但一直得不到表現的機會。

由於收入很少，生活很苦。他的妻子不願意再跟他一起生活，要離開他。

他請求妻子不要這樣做，還說將來的生活一定能夠好起來。不過，妻子一點都不相信他。這個人沒辦法了，只好讓她離開。

後來，這個人把握住一次機會，做了大官，生活也好起來。

他的妻子知道後，來到他的面前，

要求兩人再次一起生活。

可是，這個人已經不想跟她在一起了。他把一盆水潑到泥地上，對她說：「你能夠把水收起，就可以回來。」

他的妻子聽到後，趕緊往泥地上把水收集起來，可是一點水都收不到。

這時候，這個人冷冷地對她說：「你已經離開我了，就像潑出去的水，是不可能收回來的。」

就這樣，「潑出去的水——收不回來」這句話很快就傳開了。

以後，當人們說出「潑出去的水」這句話，聽到的人就會明白，這是一件不能改變的事情了。

張三爺的茶——半路回甘

有一個人叫張三爺，他有很多錢，經常借錢給別人。

每次，當有人來借錢的時候，張三爺都會給他一杯很難喝的茶，然後問：「我的茶好嗎？」

只要說「三爺的茶是好茶」的人，都可以借到錢；說茶不好的人，不管怎樣求他，他都不借。

有一個人，向張三爺借錢的時候，直接說三爺的茶不好喝。結果，無論他怎樣請求，都借不到錢。

回家的時候，他一邊走一邊想：「為甚麼別人能夠借到三爺的錢，我就不能呢？」

他想來想去，終於明白自己借不到

錢的原因。

於是，他重新來到張三爺的家，對三爺說：「三爺，我剛才在你家喝了一杯茶，不覺得怎樣。我在回家的路上，茶就回甘了。走到半路，茶就變得很甘，讓我感到很舒服。我現在明白，三爺的茶是世界上最好的茶啊！」

三爺聽他這樣說，十分開心，就答應借錢給他了。

這個人雖然第一次借錢不成功，但是他改變做法後，事情就辦成了。

以後，當一個人工作出現困難時，人們就會說：「這是張三爺的茶啊！」意思是說：只要把問題找出來，改變做法，最後一定能取得成功。

歇後語大多來自中國人熟悉的生活常識和人物故事。

上面藏了兩句跟豬八戒有關的歇後語，你能猜出來嗎？

豬八戒照鏡——□□□□□

豬八戒□□□——自以為美

（答案在下一個插圖）

水仙花不開——裝蒜

清朝的乾隆皇帝，很喜歡到各地視察，了解民間的生活情況。

有一年春天，乾隆到南方某個城市視察，當地官員安排他去參觀蒜田。當乾隆看到一片綠油油的青蒜整齊地種在農地上，很是歡喜。他稱讚了官員一番，還說明年路過這城市時，還要再來看一遍。

到了第二年春天，由於天氣關係，這片農地的青蒜長得沒有前一年好。官員為了討好皇帝，希望把這事瞞過去。他想了很久，終於想到水仙花沒有開花之前，葉子的外觀跟青蒜很像。於是，他派人把大量的水仙花移到這片農地上，跟青蒜種在一起。遠遠望去，農地就像種滿了綠油油的青蒜，讓人難以分辨。結果，不出官員所料，乾隆皇帝視察過後，再次滿心歡喜地離開了。後來，這名官員還因此升了官。

從此以後，人們就把弄虛作假，不懂裝懂的行為叫做「裝蒜」，也有了「水仙花不開——裝蒜」這句話。

視察：指上級人員到下層的機構檢查工作。

弄虛作假：指製造假象去欺騙別人。

有趣的諺語

掛羊頭，賣狗肉

從前有一個皇帝，很喜歡穿着男人衣服的女人。住在皇宮裏面的女人怕他生氣，都整天穿上男人的衣服。

後來，這個國家的人民都知道了皇帝這種特別的愛好。所有女人外出的時候，都會穿上男人的衣服。結果，人們經常男女不分，弄出了很多問題。

皇帝害怕這樣下去國家會亂起來，就對官員說：「以後，沒有我的命令，女人不可以穿着男人的衣服。」

幾個月後，皇帝發現皇宮外面很多女

人仍然穿上男人衣服在街上行走。他很奇怪，就問身邊一個官員為甚麼會這樣。

官員回答説：「你讓皇宮裏面的女人穿上男人的衣服，卻不批准皇宮外面的女人這樣做。就像一間商店，門外面掛着羊頭，裏面賣的是狗肉。這種裏面和外面不一致的做法，人們怎麼會接受呢？」

聽到官員這麼説，皇帝明白自己做得不對，就取消了住在皇宮裏面的女人穿上男人的衣服的命令。過了不久，整個國家再沒有女人穿着男人的衣服在街上行走了。

以後，當有人做了一些表面與真實不一致的事情，人們就會説這個人是「掛羊頭，賣狗肉」。

狗嘴吐不出象牙

這句話來自一個商人和狗的故事。

從前，有一個商人，從南方把象牙運到北方來賣。

有一次，商人在路上遇到的賊，想搶走他的貨物。幸好他養的一條狗把賊趕走了。

商人很感謝自己的狗，給牠吃最好的食物。這條狗知道商人對牠好，也一直努力地保護他的安全。

有一天，狗看到商人再一次把象牙運到北方去買，就對他說：「一路上這麼危險，你為甚麼不放棄呢？」

商人說：「象牙對我太重要了，我的生活需要賣象牙的錢來支持啊！」

狗聽到商人這麼說，就整天張開

嘴，努力地讓自己吐出象牙來。

商人看了狗這樣做，心裏很感動。不過，他還是很直接地對狗說：「狗嘴裏是吐不出象牙來的。」

雖然這不是一個真實的故事，可是故事裏面的「狗嘴吐不出象牙」這句話，很快就流行起來。

人們認為，壞人不會說好話，沒有知識的人不能夠說出有意義的話，就像狗嘴裏永遠吐不出象牙一樣。

捨不得孩子，套不住狼

狼是一種很狡猾的動物，一旦發現有獵人要捉牠，不是躲起來，就是馬上逃跑。獵人要捉住狼，經常要走很多山路，不斷翻山越嶺才能辦到。

可是，走山路是一件很辛苦的事情，古時候人們穿的大多是草鞋、布鞋，山路一走多，鞋很容易就磨爛。因此，獵人經常要在磨爛一兩雙鞋之後，才有可能捉住狼。如果捨不得這一兩雙鞋子，那麼連半點捉到狼的希望都沒有。因為這樣，後來民間就有了「捨不得鞋子，套不住狼」這句話。

由於「鞋子」跟「孩子」同音，慢慢地「捨不得鞋子，套不住狼」變成了「捨不得孩子，套不住狼」。有些人不知就裏，以為這句話指要用小孩把狼引出來，鬧出了笑話！

現在，人們經常用「捨不得鞋子，套不住狼」來比喻要達到某一個目的，就必須付出一定的代價。

翻山越嶺：指翻過很多山頭，一般用來形容旅途很辛苦。

不知就裏：指不明白事理，不知道內情。

小心錯字

「鹿耳」難尋

從前，有個富家子不愛讀書，卻一心想當官。他父親花了很多錢，終於讓他當了一個小官。這下富家子可高興了，經常驕傲地對人說：「我當了官後，工作很忙，有太多事情要處理啦！」

有一次，他認為自己因為工作太多，弄得身體變差了，想要買點補品吃，便對僕人說：「去藥店買三兩最好的鹿耳回來。」

僕人拿了藥單，來到一家大藥店，就向老闆要三兩「鹿耳」。老闆皺着眉頭說：「我們只有鹿茸，沒有鹿耳啊！」

僕人着急了，便說：「請你再找一下，我買不到鹿耳，一定給主人重重責罰的！」老闆很想幫忙，可是他真的找不到「鹿耳」呀！

有人知道這事後，搖了搖頭，寫了一首詩：

只因讀書不用功，

錯把鹿耳當鹿茸。

倘若辦案亦如此，

多少無辜在獄中。

不久，這個花錢買官的富家子尋找「鹿耳」的故事，就傳遍全城了。

琵琶與枇杷

明朝時候，有個官員很愛吃枇杷。有人想要討好他，就買了一籃子上等的枇杷送給過去，並且附上一封信，信上寫着：「敬奉琵琶一筐，請笑納。」

官員看了信後，覺得很奇怪：為甚麼要送我一籃子琵琶呢？琵琶是樂器啊，怎可以用籃子來裝呢？

當他看到籃子裏裝着的物品時，才明白過來，原來裏面裝着的不是琵琶，而是一些新鮮的枇杷。

官員覺得很好笑，就拿起筆來，在信上寫了一首詩，請人把它還給送枇杷的人。

當那人看到官員寫的詩後，馬上臉都紅透了，簡直無地自容。原來，詩是這樣寫的：

枇杷不是此琵琶，

只恨當年識字差。

若使琵琶能結果，

滿城簫管盡開花。

這個一心要討好官員的人，因為讀書不認真，寫錯了字，結果弄巧反拙呢！

筐：用竹條編成，用來盛東西的器具。

弄巧反拙：指一個人本想要聰明，結果做了蠢事。

買豬千口

從前，有個脾氣很大的官員，他寫字很隨便，常常亂舞一通就當作是寫好了，別人很難看得清他寫的是甚麼。

有一天，官員家中來了客人。他寫了一張清單讓僕人去買菜。在清單上，他把豬舌的「舌」字寫得太鬆散了，很容易讓人誤會，以為是「豬千口」。

果然，僕人看過這張清單，以為要買一千頭豬。他雖然覺得可疑，因為怕被官員罵，不敢提問，就急匆匆地出發買豬了。

整整花了一天時間，僕人辛苦地跑遍了全城，才買了五百頭豬。他沒辦法了，只好忐忑不安地回家，向官員報告說：「大人，全城的豬都被我買下了，可是實在不夠一千頭呀！」

官員一聽，十分生氣，大聲罵道：「誰讓你去買一千頭豬的！真是個笨蛋！」

僕人很不服氣，暗暗在心裏說：「那個笨蛋不就是你嘛！」

忐忑不安：指一個人心裏很不安穩，害怕一些不好的事情將要發生。

已回留飯

從前有個書生，自以為能夠讀書識字就很了不起，因此常常嘲笑別人讀書少。

有一天，他剛從外面辦事回到家裏，一個財主又請他去寫信了。於是，他留下字條給外出買餸的妻子，告訴她要給自己留好飯菜。

等他為財主寫完信，天已經黑了。他回到家裏，卻發現沒人。

這時候，鄰居告訴他，他的妻子回娘家去了。他很生氣，趕到妻子的家，氣憤地問：「我辛辛苦苦去賺錢，為甚麼你連晚飯都不做就回娘家了？」

妻子拿出書生的字條，很委屈地說：「你不是說明天早上才回來，讓我做好午飯嗎？我可不想晚上自己一個人待在家裏啊！」

秀才聽到妻子的話，接過字條，才發現上面寫着：「巳回，留飯。」原本他想說自己已經回家，只是外出一會兒。沒想到把「已」寫成了「巳」，變成了巳時才回家，難怪妻子誤會了！

委屈：形容受到不應該有的指責，心裏很難過。

巳時：古代十二時辰之一。一個時辰就是兩個小時。

巳時是指上午九時至十一時這段時間。

推辭與推遲

從前有一個讀書人，很想當官。他參加了多次考試，但都沒考上。

一天，朋友介紹他到一位富商的家裏當教書先生。他知道這個富商跟很多大官是朋友，所以馬上答應。

可是，當讀書人準備出門的時候，母親突然病倒了，他只好留下來，並寫一封信給富翁，打算待母親好了再去拜訪。

過了兩天，讀書人來到富商家裏，被攔在門外。富翁的管家說：「你不是不願意來我們家教書嗎？我們已經另請別人了！」

他急了，連忙追問原因。管家把信還給他，奇怪地問：「你不是自己『推辭』

了嗎？」

這時候，讀書人一句話也說不出來。因為，他在信上的確寫了「推辭」二字，而不是「推遲」！

推辭：不接受邀請的意思。

推遲：把預定的時間往後移。

交親

有一個人，學習很不認真。老師教了半天才學會的字，很快就忘記了。

有一次，他想寫封信給父親，告訴他自己最近的情況。可是，當他拿起筆的時候，忘記了「父」字該怎樣寫。

他拿起字典一頁一頁地到處找。突然，他眼前一亮，發現了一個「交」字。

他看了一會兒後，笑着說：「父啊，父啊，你以為戴了帽子，我就認不出你來嗎？」

結果，這封給爸爸的信，第一句話便變成這樣：「交親大人」。

買命

有一個人，穿着新衣服出門跟朋友見面。回家路上，天突然下起了大雨，他在一個地方停下來。

為了不弄濕衣服，他寫了一個字條，請人帶給家人。

字條的內容是這樣的：「天上下大雨，有傘拿傘來，沒傘拿錢來買傘。」

可是，家裏人看到字條後，非常害怕。他們馬上拿着很多錢趕去那地方。

那人看到家人拿着這麼多錢趕過來，感到十分奇怪。問過之後，他才知道字條的內容出了問題。

原來他寫錯了兩個字，字條變成這樣：「天上下大兩，有命拿命來，沒命拿錢來買命。」

寫錯字雖是小事，有時候也能引起很嚴重的後果啊！

豬八戒歇後語答案：

豬八戒照鏡 —— 裏外不是人

豬八戒戴耳環 —— 自以為美

肚子變大了

有個女孩，出門在外讀書。她的成績不好，老是寫錯字。

有一天，她給家裏寫了一封信，信裏寫道：「爸爸、媽媽，以前，我的肚子很小，離開您們到外地讀書後，經常和男孩子在一起玩，使我的肚子變得大起來了，而且是愈來愈大了。」

父母收到女兒的信後，急壞了，馬上趕到學校去看女兒。

可是，他們來到學校後，看到女兒沒像信中所寫的那樣，就拿出信來讓女兒看。

女兒看過信後，不好意思地說：「對不起，我把膽字寫錯了。」

字詞加油站5

小小一撇改寫歷史

把一個字的筆劃寫錯了，比如多了一點或一撇，在某些場合，可能會引起很嚴重的後果。在中國歷史上，就曾出現過因為寫錯字而引致打敗仗的例子。

一九三〇年五月，中國發生了內戰，雙方軍隊共投入了一百多萬兵力，準備在中國的河南省南部決一死戰。

戰爭前夕，其中一方的兩名將領，約定在河南省北部的一個城市「沁陽」會合，集中兵力把敵人消滅。可是，其中一個將領在發出指令時，把「沁陽」寫成「泌陽」，多寫了一撇。湊巧的是，「泌陽」也是河南省的一個小城市，兩地相距數百公里。結果，這兩支軍隊一個往「泌陽」跑，一個往「沁陽」跑，沒法會合一起，最終使這場戰爭以失敗告終。

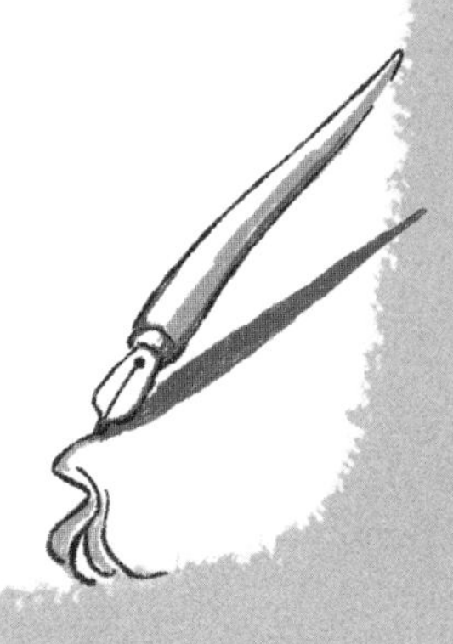

加了標點變了樣

下雨天

有一個人，到外地跟朋友見面，遇到了大雨，只好在朋友的家中住下來。

幾天過去了，雨雖然變小了，還沒有停止。他的朋友很想他離開，但不好意思直接跟他説。於是，在他的房間內留下一張字條，裏面寫了兩句話：

下雨天留客　天留我不留

按照他的想法，這個人看到字條後，應該不會留下來吧。

不一會，這個人回到房間，看見了字條。他一看，就明白了朋友要趕他走。

寫文章不加標點，神仙也看不懂啊！！

這句話加上標點，可以變化出七種不同意思。

你能猜出幾種呢？（答案在 96 頁）

他本來就打算離開的了，對朋友這種做法，心裏很不高興。

這時候，他發現字條上的文字是沒有標點的，就代他加上了標點，然後離開。

後來，當朋友看到字條上加了標點的文字後，臉都紅了。原來，加上標點後，文字沒變，意思就完全不同，變成了：

下雨天，留客天，留我不？留。

招生

很久以前，有一間學校招生。

這間學校對窮人和有錢人的子女，採用了不同的收費辦法。

可是，沒人看明白啊！為甚麼呢？原來兩種收費辦法的文字是一樣的：

沒有米麵也可以沒有雞鴨也可以沒有魚肉也可以沒有銀錢也可以

後來，有老師給這些文字加上了標點。這時候，人們看明白了：

對有錢人：沒有米，麵也可以；沒有雞，鴨也可以；沒有魚，肉也可以；沒有銀，錢也可以。

對窮人：沒有米麵也可以，沒有雞鴨也可以，沒有魚肉也可以，沒有銀錢也可以。

兒子給父母的信

一天，一對夫婦收到在外地打工的兒子寄回來的一封信。當父親打開信件時，發現信裏面只有文字，沒有標點符號：

兒的生活好痛苦一點也沒有糧食多病少掙了很多錢

雖然這樣，父親想了一下，就把信的內容看明白了，隨即把信轉給母親看。可是，母親看完之後，竟然傷心得大哭起來。

父親一時間糊塗了，就問母親為甚麼會哭起來。母親說：「信上寫着『兒的生活好痛苦，一點也沒有糧食，多病，少掙了很多錢。』他生活這麼苦，我怎能不傷心難過呢？」

父親聽後，便說：「怎會呢？他明明寫着『兒的生活好，痛苦一點也沒有，糧食多，病少，掙了很多錢。』生活過得很好呀！」

一時間，兩人都弄不清竟究誰對誰錯，父親只好打長途電話給兒子。兒子收到電話後，連忙道歉，說自己生活真的很好，不用他們掛心呢。

沒多久，左鄰右里都知道了這件事，這封沒有標點符號的信從此成為了他們教育子女的反面教材！

參考答案

〈下雨天〉七種標點法

1. 下雨天留客，天留我不留。

2. 下雨天留客，天留我？不留。

3. 下雨天留客，天留我不？留。

4. 下雨，天留客；天留我不留！

5. 下雨天，留客天，留我？不留。

6. 下雨天，留客天；留我不？留。

7. 下雨天，留客天，留我不留？

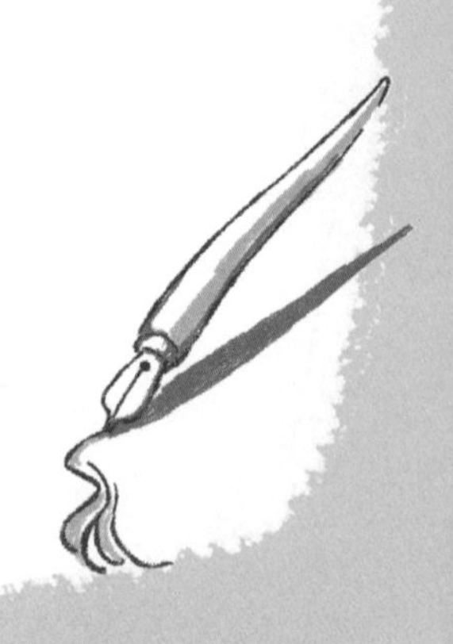

玩玩字謎

賣畫不要錢

有一個畫家，畫畫得很好。

有一次，他來到北京遊玩。離開前，他想看看這個城市有沒有人能看懂他的畫。於是，他認真地畫了一張畫，然後把畫掛在路邊。

很多經過的人停下來看。原來畫裏面畫了一隻黑色的狗。這隻狗畫得很生動，身上的黑毛很漂亮。

很多人喜歡這張畫，想買下來。畫家說：「這張畫不賣。畫裏面有一個字，如果有人找出來，我把這畫送給他。」

人們聽到畫家這麼說，就努力地找。可是找了半天，沒有人找到。

這時候，一個老人走上前去，把畫除下來，一句話也不說就拿着畫走了。

人們看了很奇怪，畫家上前問他：「您還沒有說出那個字，怎麼就拿走我的畫呢？」

老人沒有說話，還是往外面走。

有人說：「先別拿畫，你說說那是甚麼字？」

老人就像沒聽到一樣，仍然不說話，只是向前走。

畫家看到這裏，就哈哈大笑，說：「看來你找到那個字了，這張畫就送給你吧！」

看到這裏，你知道那個字是甚麼嗎？

門上有心

齊白石是中國的著名畫家，他的畫很受歡迎，被很多博物館收藏。

每一天，齊白石的家門前都非常熱鬧，有些人要來買他的畫，有些人要向他請教。

有一天，幾個人想要進他的家，跟他學習畫畫。剛想敲門時，發現門的中心位置貼上了一個「心」字。

這幾個人一時之間不敢敲門，怕齊白石生氣，因為他們都想不明白，門上貼了「心」字究竟代表甚麼意思。

幸好沒多久，其中一個人忽然說：「啊，我明白啦！」說完這句話，他就拉着其餘各人一起離開了。

過了幾天，這幾個人再次來到齊白

石的家。這次，門上貼的不再是「心」字，而是換上了「木」字。看到這個「木」字，他們幾人高興極了，馬上敲門進去，向齊白石請教畫畫之道了。

門上一個「心」字和一個「木」字，究竟代表甚麼意思，你猜到了沒有？

請人

有一個老闆想請一個工人，可是他連着見了幾個都不滿意。

這一天，經理又安排一個工人來見他。老闆問了這個人幾個問題，他都答得不錯。老闆沒說甚麼，在紙上寫了幾行字，交給了經理。

這幾行字是這樣：

一月又一月，兩月共半邊。上面有田地，下面有流水；一家有六口，兩口不完整。

經理看了，想了一會兒，終於明白老闆的意思。

原來老闆寫的是一個字謎，答案是一個字。你能猜出是甚麼字嗎？

拜師

從前，有兄弟三人一起去拜師求學。老師出了一道題目來考他們，還告訴三人，只要答對了，就能做他的學生。

原來，老師在一張紙上，寫了兩句詩：「一女牽牛過獨橋，夕陽落在方井上。」

三兄弟看過詩句後，大哥和二哥都想不明白這道題目在問些甚麼，只有三弟看明白，在紙上寫下了自己的名字。老師看了，就收了三弟做學生。

其實，那兩句詩是一個謎語，請你也猜一猜好嗎？

家大門大好出官

從前有個商人，對待工人很刻薄，不但欺負他們，還經常拖欠工錢，因此所有工人都很憎恨他。

有一年，春節前的幾天，剛好是商人的六十大壽，於是他在家擺下壽宴，邀請親朋戚友前來慶祝。喝壽酒是要送禮物的，很多人都送了書畫。其中一份禮物是一副對聯，寫着：「家大門大好出官，年年歲歲官不斷」。商人看到這對聯上下兩句都有「官」字，覺得很吉利，所以特別喜愛，命人在除夕的晚上貼在大門外。

到了年初一，商人正在吃早飯的時候，僕人急急忙忙地走進來，告訴他大門的對聯被人改了，門外還聚集了很多看熱鬧的人。

商人聽了之後很生氣，連飯都不再吃，馬上走出去看看究竟是怎麼回事。

可是，當他看完那副被修改過的對聯後，面馬上黑了，上氣不接下氣，就這樣被活活氣死了。

原來，對聯上下兩句裏的「官」字，都被人動筆加了部首，變成了另一個不吉利的字。這個字能把這個商人活活氣死，你猜到是甚麼字嗎？

燈謎

中國的謎語已經有三千多年的歷史了。開始的時候謎語都是口說的，後來才有人把謎語寫在紙上，貼出來讓人猜。在一千多年前，一些讀書人為了顯示才學，在元宵節（農曆正月十五日）的花燈之夜，將謎條貼在紗燈上，吸引往來的行人，從此有了「猜燈謎」這種遊戲。

燈謎的謎底範圍很廣，從漢字、成語、詩詞、各種用語，到各種事物、事件，都可成為謎題。它們都遵從一個規定，就是答案絕不會直接出現在題目上。

各種謎語當中，猜字是最常見的一種。要構思字謎，最常用的方法是把文字的形狀、筆劃、部首、偏旁等進行加減變化或重新組合，使原來的字形發生變化。比如「天上三個太陽高高掛」這一道字謎，答案是「晶」字。它的構思原理，就是把這個「晶」字分拆成三個「日」字來理解。

今天，猜燈謎的活動在香港已經很少見到了。不過，在中國各大城市、臺灣以至世界各地的唐人街，在元宵節的晚上，仍能看到人們興高采烈地猜燈謎呢！

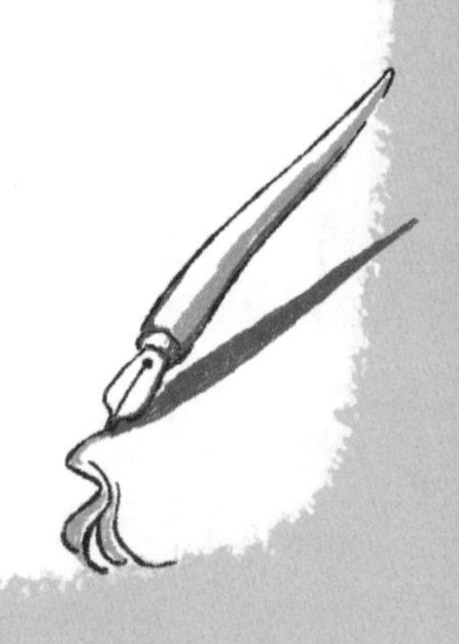

參考答案

〈賣畫不要錢〉解謎

答案：默

「默」的意思是不說話。「默」字由「黑」和「犬」兩個字組成。黑犬就是黑色的狗。

〈門上有心〉解謎

門上一個心，就是「悶」字。表示齊白石的心情不好，很煩悶，所以幾個人只好離開，不敢打擾他。

門上一個木，就是「閑」字。表示齊白石有空閑時間，所以他們馬上敲門入內，向齊白石請教。

〈請人〉解謎

答案：用

「用」字可以看成兩個月字加在一起；也可以看成

四個口和兩個不完整的口；也可以看成「田」字加上「川」字，川就是流水的意思。

〈拜師〉解謎

答案：姓名

「一女牽牛過獨橋」—— 姓

「夕陽落在方井上」—— 名

〈家大門大好出官〉解謎

答案：棺

「家大門大好出棺，年年歲歲棺不斷」，這是詛咒商人家裏每年都要死人啊，難怪商人會被活活氣死了。

賣西瓜

有一個農夫在街上賣西瓜，在西瓜堆上立了一個牌，上面寫着「此處出賣西瓜」六個字。

一個路人經過，看了這個牌後，就對農夫說：「你寫的字太多了，少寫兩個字也可以。」農夫覺得這個人說得很有道理，就刪去了兩個字。

第二天，又有一個路人經過，看了農夫的牌，也對農夫說：「你寫的字太囉唆了！」農夫覺得這個人說得也有道理，就再刪去兩個字。

第三天，再有一個路過的人對農夫說：「其實，你的牌少寫一個字也可以呀！」農夫想了想，就再刪去一個字了。

奇怪的是，農夫在街上賣西瓜，牌

上的字一天比一天少，可生意卻一直很好，賣剩的西瓜也愈來愈少了。看來，刪去牌上的字對生意一點影響也沒有。

農夫前後刪了三次字，你猜到他是怎樣刪的嗎？

字詞加油站7

刪去多餘的字

作文不是文字愈多愈好的。「賣西瓜」的故事説明了文字只要準確，就算少了點，人們一樣能清楚地理解內容。

故事裏面農夫先刪「此處」，再刪「出賣」，最後把「西」字也刪掉。理由是：

刪去「此處」：路人都能看到農夫在街上賣西瓜，所以「此處」有點多餘。

刪去「出賣」：農夫把西瓜堆在地上，還立了牌，誰都知道他在賣瓜啦。

刪去「西」字：西瓜誰都認識，所以寫一個「瓜」就可以了。

不一樣的對聯

缺少衣食

有一個人，家裏很窮。新的一年來了，他看到家裏面的情形，心裏很難過。於是，他在門口的兩邊，掛上了一副對聯：

二三四五

六七八九

又在門口的上面，掛着「南北」兩個字。

附近的人們看到這副由數字組成的對聯後，沒有人知道他想説些甚麼。

你能明白這副對聯的意思嗎？

告訴你吧：「二三四五」缺少了「一」，「六七八九」缺少了「十」。「一」和「十」跟「衣」和「食」的讀音相同，人們很容易就會從「缺少一十」想到了「缺少衣食」。同樣，門上只有「南北」，也就是「沒有東西」了。

這個人掛出這副對聯，是告訴附近的人們：我缺少了衣服和食物，家裏面甚麼東西都沒有啊！

明王明不明

明朝有個皇帝，很重視太子的教育，請了一個老秀才當太子的老師。

可是，老秀才管教很嚴，有一次太子稍稍犯錯，就給他打了一頓。

皇帝知道後很生氣，把老秀才關進大牢。後來，因為皇后求情，皇帝才把老秀才放出來，請回皇宮。

老秀才回到皇宮，看到皇帝和皇后，就當場寫了一副對聯呈上去。這副對聯是這樣的：

明王明不明

賢后賢不賢

皇帝看過對聯後大怒，認為老秀才嘲笑他和皇后兩人不夠賢明。他正要發作時，皇后笑着說：「老先生，你唸給皇上聽聽。」

老秀才便唸道：

明王明不，明。

賢后賢不，賢。

皇帝聽後，轉怒為喜。他很欣賞老秀才的才能，再一次請他當太子的老師。

過淡泊年

從前有個少爺，平日只知道吃喝玩樂，終日游手好閒，沒幾年就把父親留下來的財產敗光了。

到了春節的時候，家裏面連一點值錢的東西都沒有，他只好節衣縮食。到了除夕夜，少爺心裏很難過，就在家門前貼上一副對聯，自嘲一番。對聯是這樣的：

行節儉事

過淡泊年

一個教書先生經過他家門口，看到這幅對聯，搖了搖頭，就在左右對聯的開首各加了一個字，變成了：

早行節儉事

不過淡泊年

第二天，少爺看到這副修改後的對聯，突然間有所感悟，感到十分慚愧。從此以後，他改過自新，重新做人。

敬茶

一天，一個客人來到一間寺廟遊玩。

寺廟的大和尚看到他穿的衣服很普通，認為他只是一個普通的客人。他隨便找了一處地方，對客人說：「坐！」，又對身邊的小和尚說：「茶！」

大和尚跟客人聊了一會，知道客人很有修養，讀過很多書。和尚怕他不高興，就請他到接待客人的小房間休息。

進入房間後，大和尚對客人說：「請坐！」，又對身邊的小和尚說：「敬茶！」

茶來了，大和尚一直陪着客人。在聊天期間，他發現眼前的客人竟然是一位名人，就馬上請他到接待尊貴客人的客廳休息。

進了客廳，大和尚向他行了一個

禮，熱情地說：「請上坐！」又對身邊的人說：「敬香茶！」

過了不久，客人要離開了。大和尚請求他寫一副對聯送給寺院，作為紀念。客人想了想，一邊笑着，一邊把對聯寫出來：

坐，請坐，請上坐

茶，敬茶，敬香茶

大和尚看過對聯後，知道客人利用他自己說過的話來嘲笑，感到很羞愧，臉都紅了。

識遍天下字

蘇東坡是中國古代的大文學家。他從小就很聰明，很有才華，身邊的人更經常誇讚他。

有一次，他在門前寫下一副對聯：

識遍天下字

讀盡人間書

這副對聯說出了蘇東坡的雄心壯志和對自己的信心，可說十分貼切。可是，「天下字」和「人間書」怎可能「識遍」和「讀盡」呢？這話在旁人看來，未免說得太狂了！

過了幾天，一個老先生來到蘇東坡的家，向他求教。他拿出了一本書，請蘇東坡認一認是否讀過。蘇東坡滿不在乎地拿來一看，發現他不但沒有讀過這本書，連裏面很多字都不認識。他無言以對，只好向老先生道歉。老先生沒有取笑他，只是拿回書本，看了一看門前的對聯就離開了。

蘇東坡感到十分慚愧，知道自己寫的對聯不應該這麼狂，就拿起筆來，分別在上下聯的開頭增加兩個字，變成了：

發憤識遍天下字

立志讀盡人間書

這樣一改，原先説的話就成為了自己努力的方向，雄心壯志未改，但整副對聯看起來就變得謙虛多了。

進士進士

從前，有一户人家，父親和兒子都是進士。他們雖然很有錢，但德行很差，還經常欺負平民，因此所有鄰居都不喜歡他們。

有一年除夕，進士一家在大門上貼了一副對聯，高調地在人前顯露自己的名譽和地位。

對聯是這樣寫的：

父進士，子進士，父子皆進士

婆夫人，媳夫人，婆媳都夫人

對聯貼出後，鄰居看了都很不服氣。當天晚上，有人偷偷將對聯改了，變成：

父進土，子進土，父子皆進土

婆失夫，媳失夫，婆媳都失夫

修改後的對聯，把這家人狠狠地臭罵了一頓。第二天早上，大家發現對聯被改了，人人都覺得很開心。雖然知道用字有點惡毒，可是所有人都覺得改得好，罵得妙！沒多久，進士一家知道對聯被人惡意塗改後，連忙把對聯除下來。可是，他們家的壞名聲卻因為這件事，已經越傳越遠了。

進士：古代讀書人通過朝廷考試後獲得的身份，在社會上有比較高的地位。

夫人：古代對高官妻子的尊稱。